大地的声响

语泉 ◎ 著

陕西新华出版

太白文艺出版社 · 西安

图书在版编目（CIP）数据

大地的声响 / 语泉著 . -- 西安 : 太白文艺出版社，
2024. 8. -- ISBN 978-7-5513-2702-2

Ⅰ. I227

中国国家版本馆 CIP 数据核字第 2024HS3079 号

大地的声响
DADI DE SHENGXIANG

作　　者	语　泉	
责任编辑	党　铫	
装帧设计	青年作家网	
出版发行	太白文艺出版社	
经　　销	新华书店	
印　　刷	永清县晔盛亚胶印有限公司	
开　　本	880mm×1230mm　1/32	
字　　数	90 千字	
印　　张	5.5	
版　　次	2024 年 8 月第 1 版	
印　　次	2024 年 8 月第 1 次印刷	
书　　号	ISBN 978-7-5513-2702-2	
定　　价	58.00 元	

如有印装质量问题，可寄出版社印制部调换
联系电话：029-81206800
出版社地址：西安市曲江新区登高路 1388 号（邮编：710061）
营销中心电话：029-87277748　029-87217872

目 录

目录

第四辑　人间的词语

第一辑

季节的页码

鸟努力向上飞翔

一声声欢叫

在给天空填空

一只鸟的飞翔

一只鸟扇动双翅
留下的影子
似一双手
翻开天空

蓝色的书页上
白云幻化成象形文字
一朵又一朵
表达着鸟的意愿

霞光铺出金色大道
鸟努力向上飞翔
一声声欢叫
在给天空填空

三月的光阴

一遍又一遍梳理
三月的光阴
时间之岩，已磨得光滑

时间终究被挤占
有人踮起脚
收起最后一束春光

有人捏在手里的时间
被别人拿走
同时也拿走了自己的

时间不会闲置
它是一笔流动资产
要么存留，要么变现

另一张脸

年纪渐入岁月深处

眼前晃动的脸

模糊成影

姓氏、体型、行走的姿势……

反复打岔

与记忆较劲

看不清脸上的风雨云烟

像看不清冬月的阴晴圆缺

一些事物

漏掉在光阴里

一张脸惊诧

与一张脸重逢

长时间的杳无音信

只因为

那张脸慢慢变形

另一张脸

在世间孤立行走

蒙混过关

冰雪冷冻谎言

阳光逼退阴暗

春的希望

落叶、细雨、冷风
行走于
冬天的大地

落叶对细雨说
因为你的重荷
我失去飞翔的力量

细雨对冷风说
因为你的阻挠
我改变行进的方向

冷风最后说
你们落在大地的胸膛
是最贴近温暖的地方

那里因为你们

冬，便有了收藏

春，就有了希望

大地的声响

远方的旅行

很远很远的地方，你和我
成为时空的主人。一路风雨里的
脚印，有我挽着你的腰身
发出温柔如玉的呼吸

长满花草的山路或小径
向高处攀，往深处走
向炊烟打听到的路，飞瀑、银猴
奇峰异石，露出迷人的景色

在海滨小屋，渔火和星星
听贝壳讲五彩的经历
凭栏远眺，矗立心中的礁石
被你眼里的浪潮多次撞击

春天里，把远行当作财富

奢侈地消费每一笔春光

正如漫漫人生，我们尽情分享

春夏秋冬舀出不同的光阴

中　秋

是谁手持马良的神笔

在黑色的天幕上

画出一轮明月

天地之间

一片通明

是谁在高楼里凝望远方

清朗的月色爬满阳台

秋风吹拂头发

眼里噙满

闪闪泪光

是谁坐在乡村的小屋

用一把古老的剪刀

从一张白纸上

剪出圆月

挂在中秋

开　　卷

台灯下
把一本书读瘦
思想就冒出胚芽
嫩绿了诗和远方

风与朝阳
新鲜时光里的清晨
每一处芳香流动
叫醒鸟的飞翔

一片绿叶趴在窗口
我从书里醒来
发现雪融化
春正到来

书　　店

阳光溜进书店
打开喜欢的书
字间闪耀金色的光芒

湖泊一般安静
沙沙的翻书声
如一根针在缝补漏洞

书变成一束阳光
所有的雨季没有退路
人生不再打滑

折叠的太阳

红花绿叶托起蔚蓝

铺向宽阔的田野

两只小鸟立在阳台

痴痴地望着天空

太阳直射进来

将另一片蔚蓝照得洁净无瑕

折叠暖暖的蔚蓝

抚摸枕头上浅浅的阳光

柔软成热望的梦境

被单里的暖阳

成了魔术师或是能工巧匠

稍稍触摸它的皮肤

便化成碎片似的星光

换一种方式收藏

太阳变成另外的模样

手机赋予它原型

打开可以看到光亮

拇指和食指镶嵌成太阳伞

行走的四季

碰不着烟雨，却能碰上

撞怀的太阳

桃　　花

如果生活是一朵桃花
我会阅读你的笑容
枕着思念入梦

如果理想是一朵桃花
我会挣足汗水
浇灌出甜甜的果实

如果爱情是一朵桃花
我会精心呵护
开出永恒的幸福

如果自己是一朵桃花
我会努力绽放
拥抱最美丽的春天

命　　运

锯子拉过之后
比碗还粗的树桩
哭哑了嗓子

疼痛
干裂
带着黝黑的面容老去

被扭伤、折断的树干
艰难地愈合
生长

大山沉默无语
年龄的疤痕
多出一道、两道、三道……

选　择

一盏圆圆的灯
亮在头顶
映在镜子里

一盏是现实的
一盏是虚幻的

它们无声地
照在我心里

最后一片落叶

树上最后一夜，墨色的天空
飘起雪花。它，告别了树
独自踏上爱的归途

它坚持自己的位置
不畏风雨
从不辜负树的寄托

迈入深冬的大地
虽然不会变成一粒种子
但它托起了所有的种子

在城市的腰身按下手印

灯火璀璨，在城市的腰身按下手印
纹路伸向哪里
哪里就闪耀灿烂的光、繁忙的影

塔吊、脚手架、搅拌机……
迎接一座城光鲜地降临
工帽浮动在春天里
像历史长河里的花朵

所有布料聚集车间
缝纫机与它们讨论颜色和款式
谁将成为这个季节的主打
指缝间流露忙碌的春意

春雨打湿大街小巷的动词和名词
一个个手印
让城市的光影经久流传

钓走的月色

河堤上有很多人行走
垂钓的人
只有一个

他支起长长的钓竿
沿着灯光的方位
抛下诱饵

他等待鱼的到来
只要浮漂一颤
就全力拉出悸动

他专注地盯着
深夜褪去河堤的喧闹
浮漂跃出水面

涌来的波涛

把月光

变成欢跳的银鱼

一杯老茶

鸟鸣滴落杯中
泡出一些旧事
或浓或淡

与一杯老茶对饮
味道怎样
老茶慢慢说出

我们谈论什么
蓝天白云、绿叶鲜花
乃至路过的晚风

宿　营

灯火倒进嘉陵江
煨热一泓江水
江边所有的植被
已经安寝

银幕上的历史剧
让一杯酒悬于夜空
草地上两个小孩
比赛谁数的星星最多

众多夜宿的眼睛
读着江上渔火
一些旧词
像鱼一样跃出江面

兜售时光

曾经伫立山崖下
仰望瀑布飞泻
谁持银练当空舞
大山给以响亮的回答

曾经为落霞里的孤雁
冒出几许猜想
它久久地盘旋在海域上
寻找失散的同伴

曾经漫步林荫道
倾听鸟鸣
晚风对月光的絮语
轻轻萦绕耳畔

季节的页码

如今徜徉繁华的街巷

打量每一处店铺

忙不迭地兜售

五颜六色的时光

夕　阳

手伸进江水
握一大把夕阳
水淋淋的光
把生活洗得鲜亮

沿着江边行走
鸟在飞翔
鱼在畅游
晚风轻拂面庞

汽笛轰鸣
拉响一片苍茫
暮色轻轻搂住
滑落枝头的念想

猴子拜年

春节，村子里现身不速之客

院坝热闹起来

童年第一次喜出望外

鸡群和狗纷纷围观、热议

新鲜又浪漫的年景

锣儿翻来覆去

猴子像训练有素的演员

深谙有声和无声的台词

它转圈、行礼、鞠躬

跳上主人的肩头，向客人叩拜

它似乎懂得人情世故

人多的场合，很少说话

眼睛像晴雨表

洞悉主客的脸色、心情和思绪

而它不知道猴文化在乡土上流传

井水、粮食和压岁钱

喂饱猴子的兴奋

上蹿下跳碰落童年的日记

相像和不像之间

猴的足音踩响人的前世今生

木　椅

少年挎着书包过来了
坐在木椅上打开书本
朗读朱自清的散文
也朗读少年心里的春天

少年离开了
两位中年人牵手过来
挨坐在木椅上
拉起有滋有味的家常

两位中年人走了
三三两两的老年人过来了
目光落到木椅上
谈得最多的是儿女
谈得很少的是春光

一大堆话

一大堆话
像一大堆柴火
在风雨里燃烧
烘烤湿漉漉的心境

一大堆话
又像一杯烈酒
倒进月夜
醉了晚归的脚步

一大堆话
还是一条清清的溪流
流经身体每个细胞
如此干净地面对生活

大地的声响

一大堆话
就是一大堆话
原汁原味摆在日子里
等你反复咀嚼

梦　　境

小河流过清晨的梦境
微风柔柔地吹拂笑脸
晨曦照亮柔软的胸膛
鸟儿嬉闹明净的窗前

昨夜走失的雨滴
是否回到绿房子的水塘
那喜出望外的蜻蜓
踩落一地的晶莹

梦里行走的背影
穿过洒满阳光的树林
木桥下的小溪
流不尽长长的思念

季节的页码

辽阔的草原上绿意翻涌

天际线上

背影幻化成一只手掌

挥别红彤彤的云彩

看轻一点

看轻一点，自然不会放大
情绪的出口
如一把竖琴，轻弹
容易找到拐点

把生活看轻一点
坐在大堆文字里
挖掘精神的财富
像淘金者从万千沙粒中筛出
一粒金子
那是一生的幸福

把梦想看轻一点
远行，一寸寸缩短
它，站在拐弯处
像风向标
把那些歪曲的脚印
一次次拉直

看轻一点，自然不会放大

情绪的出口

一切躁动的事物

终归会通过修复

抵达安宁

指纹锁

他照旧用右手大拇指
对准指纹锁上凹凸部分摁下去
闪烁的蓝光第一次冷场

他将先前的动作不断重复
动用左手去拉门把手
门，轻微摇晃了几下

他开始诧异、琢磨、怀疑
屋子反锁的种种迹象
他嘀咕着，声腔里溢出气流

自动解开门锁，他才想起
那把指纹锁
和那位安装指纹锁的年轻人
早已隐姓埋名

万物被定义

字站在字典里，词站在词典里
站成不同的单义或多义
站成大手小手捏出的光影

春雨站在春天里，秋风站在秋天里
站成春分、秋分
站成原野的丰腴

鱼站在水里，鸟站在天空里
站成"海阔凭鱼跃，天高任鸟飞"
站成寰宇的辽阔

种子站在泥土里，花朵站在绿叶里
站成勤劳、善良、美丽
站成大地的恩宠

我站在你眼里，你站在我眼里

站成沟通、信任、关爱

站成不言自明的默契

虹桥之恋

一

沿着绵延起伏的西山
一个名叫西河的姑娘
背负行囊，穿越虹桥

握在手心的梦想
拨开迷茫

她行色匆匆的步履
仿佛要丈量一个世纪的路程

晨曦拨响出发的钟点
暮色褪去跋涉的劳顿

从春暖花开到白雪皑皑
她揽紧城市的腰身

途经大地，又以洁净的丰乳

哺育山脉灵秀的长势

二

雨霁苍穹

三条彩练在轻歌曼舞

风，像一只巧手

向天空袒露飞翔的自由

男女老少纷纷驻足

虹桥成为心中无法逾越的仰望

梦幻般遗落人间的虹桥

是天地融合的信物

他以传说的名义与西河栖居

乐此不疲，代言城市的崛起

三

虹桥从天宫带出天灯

魔术般变换颜色

从东到西，西河唱出无尽清流
她把最美的遇见向嘉陵江倾诉

虹桥恋上西河的柔美和性情
笃定终身为她执着地守护

西河视虹桥为偶像
一生都在为他流淌

彼此给予的又彼此收获
彼此收获的又彼此分享

四

西河回望来时的路
高密度材料混合、搅拌
浇筑出平平仄仄的经历

渔子拐，被喻为跳水的地方
自从它降生，便以传奇的名字
刻上远远近近游泳者的衣装

栖飞的鸟群，搓衣的喧响
鱼跃的欢畅，飘动的蔚蓝
众多赞不绝口的颂词
堆满船舱

三国文化的发源地
翻开新的一页
西河骄傲地行走
让山清水秀成为城市的名片

五

一夜之间
河床冒出排污孔

太阳听见了
蒸发身上的异味

暴雨听见了
荡涤周身的污渍

路人听见了
发出沉重的叹息

虹桥向来往的行人相告
可这一切，又怎能让西河平静呢

鱼鸟远离，绿叶隐去清香
西河眼里噙满苦涩的泪滴

她像一位病入膏肓的患者
向天地发出最后的呐喊

不要这样折磨我，我要生存
我是城市干净的灵魂

六

远方吹来和煦的清风
虹桥把"绿水青山就是金山银山"讲给西河听
把市民的心声讲给西河听

西河眼里升起黎明之光
群鸟飞翔、船只过往……
一条繁华忙碌的水街
喧闹着活力四射的清流

书林晨曦、花田赋歌

彩云竞武、汉巷煮酒

廊桥倒映、万卷烟柳

景秀绿屏、云台夜月

西河于阵痛中分娩

数以千计的植物

这些乖巧玲珑的宝贝

争先恐后地绽放

西河楚楚动人的娇美容颜

更添磁石一般的无穷魅力

七

桃花盛开，虹桥迎来踏春的客人

大人牵着小孩，小孩举着花朵

凭栏远眺，春水端出佳肴

点点银光是她烹制的菜色

袅袅水雾是散发出的清香

茫茫苍穹，分不清哪是飞鸟

哪是风筝

蓝天任它们自由地飞翔

八

夏天的傍晚

虹桥和西河坐在星光里

绣出河堤上的热闹场景

游人如织

像闪耀的漫天星斗

打捞鲜活的楼宇、山脉和大江

虹桥、西河羞涩地拥抱

有些人慢下匆匆的脚步

有些人从他们身旁悄悄走过

他们坚信拥抱彼此的力量

让拥有魅力山水的南充

如凤凰涅槃，灿若星辰

九

西河端出水果、时蔬、粮食
摆满河堤和桥头

亭榭、木椅上的神情和手势
诠释虹桥、西河相惜相伴的年华

碧蓝如镜的西河
柔柔地躺在虹桥的怀里

倾听河岸的舞曲
抚摸秋水里的高楼

十

雪花把彩练染成白色的围巾
虹桥将围巾系在西河身上

河堤涌来笑盈盈的雪人
大手和小手编织梦幻般的童话

有的被小朋友装进玻璃瓶
成为课堂教学的标本

有的飘落在信任的臂肩
成为爱情信物中纯洁的晶粒

有的孵化成香喷喷的名字
成为渗进嘴里，甜到心头的佳肴

走出冬天的出口，看不见雪花
却听到雪花捎给春天的话

十一

从天而降的阳光像赶雾人
驱走一拨又一拨迷蒙的雾

暴风雨突袭的工地
响彻忙碌的吼声和机器的轰鸣

那些行进的人们
脚步更轻盈

华灯初上，虹桥上密集的声音
正如西河流淌的低吟

岁月重叠斑驳的脚印
有的踩下的是匆匆的一瞬
有的留下的是奋斗的一生

第二辑

大地的声响

沿着山水间行走

越来越明白，一轮皓月

挂在故土的重量

与时间相遇

太阳从一座山头跳到另一座山头
万物在与时间相遇中
认领自己

岁月拉扯长大的那片柏树林
拨开雾气，给爬上东边山头的朝阳让路
一方名叫凤凰的水田
几只白鹤在编织金色的光芒

隐匿田边的胡豆苗抖落一袭白霜
决定将心意送给初春的大地
母亲的想法由此有了着落

桃树、杏树、梨树……忙着梳理田边地角
同一根枝条上
有的急着打开花苞向春天报到
连小草也赶着趟儿奔跑

夕阳最后一抹光影

穿透隔壁土墙的裂缝

用命运去修补

大地的声响

银　河

水渠翻山越岭，给改良后的农田命名
饥饿、干裂甚至死亡
变成动词，酿造完整生动的句子

十六节抽水袋连成绿色通道
他脸上的汗滴和着堰塘水，顶着烈日
向所有的植物奔跑

抽水袋藏进岁月，断落成节，生成耐读的诗行
庄稼收割时
他总惦念抽水袋经历的凄风苦雨

天空倒出一条银河，灌溉人间冷暖
他时常在银河边行走
金色的稻浪漫过田野

雪　夜

在大娘家里住久了
自己也成了家的主人

犁地，插秧，赶着奔跑的鸭群
晨雾打开新一天的页面
暮色又把它轻轻关上

梦里反复吟唱
田野层层叠叠的记忆

雪夜，一条深红的围巾
拴住寒冷
大娘眼里的热望
比炉火还亮

火炉旁，大娘盘点家常
窗外，瑞雪敲开大地的声响

故乡的月

故乡的月，蹲在院坝边的树梢
离我很近，很近
它什么也不说，看我沉思、忧愁
用一只手在星光板上
画出归来的脚印

我换个位置看它
它隐身到后山坳
一弯柳叶眉，落下相思的证据
原来，它所有根系的蔓延
只缘于故土的辽阔

月亮勇敢地站出来
这时，夜色又加重了些
沿着山水间行走
越来越明白，一轮皓月
挂在故土的重量

一滴水

一滴水在洗手台上洇开
一束光翻进玻璃窗
慢饮

是谁掉下的水滴
一滴生命的晶莹
阳光畅饮后
天空似乎又明亮了些

一滴水，未被其他水绑架
而随波逐流
以自己弱小的身躯
润泽广袤无垠的大地

太阳张开羽翼

反复擦拭未被水滴裹挟住的尘埃

仿若打扫天空的少女

打扫着大地的凹凸

蛙　声

夜，越深
蛙声越清亮
垦荒的田越多
蛙声越密集

四月，乡村田野
举办大型音乐晚会
树木、花草、月光
安静入座，竖起耳朵
聆听青蛙谱写春天的乐章

田野交响曲拉开帷幕
远山近域连成音乐之海
高声，低声
长声，短声
或急促，或舒缓
或热烈奔放，或缱绻缠绵

混合的呱呱声里

没有一只走调的青蛙

左边群山怀抱梯田

捧出大大小小的音乐盒

右边一片旷野上

星星在纵情舞蹈

青蛙自由组合

号子、山歌、小调

戏曲、流行音乐……

把山体唱得发烫

祖辈开创的农耕文明

被这些民间歌手

痴情传唱

一些卸妆的青蛙

已经安寝

间或有蛙声此起彼伏

写出长长短短的句子

像手持星光的人

走遍春天的原野

写下虫吟、响水、花语

和翠绿的鸟鸣……

蛙声在时空的土壤里
种下丰收的预言
年少，青壮，暮年
一唱就是一生
那些土地上长出来的
平平仄仄的韵律
正缓缓地淌进体内

春天的原野

虫吟、鸟鸣，小河轻解衣扣
柳树换上新装
这些忙碌的生灵，从冬眠中醒来
梳妆打扮春天的原野

山边飞来一抹身影
头顶上空滴落一串串叫声
田边地角的农事跟着发芽
径直伸向春天的怀里

春风喊醒杏树、桃枝、水塘
无名的小草……喊醒庄稼人手里的
季节。它喊得那么固执
直至喊痛土地上每一根神经

它喊山里的清晨，早起的人们
用炊烟书写一道道山梁
赶着露珠行走的晨光
抱出湿漉漉的黎明

红梅林

红梅林是网红打卡地
十月是她的旺季

我想到她的红
如风雨里走来的红衣女孩
藏着扑腾的火红色心跳

我又想到整个林子
全红成一片海
天空也被染成鲜艳的红色

细雨翻飞，她伸出绿手臂
挽着我的目光
红红的季节铺满视野

天然牧场

嘉陵江是天然牧场

放牧鱼虾、牛群、船只

奔跑的风雨

放牧流岚、晚霞、星月

恬静的时光

放牧男孩和女孩

水是鱼的故乡

牛群不同于鱼类

它们不懂浮力定律

却轻快地渡过大江

像山里的木匠

凭手法和眼力

回答长短宽窄不一的几何命题

它们学会去听懂哨令

听命一声声铿锵的号令

一头牛用身体解读水的流速

如一支画笔

在"百牛渡江"的长轴画卷上

留下摇摆的尾巴

四至九月，路过蓬安的船只停下

搬运牛背上的鸟鸣

如果不这样勤奋

牧场会请你离开

你也可以

选择在雷电打扫牧场时

体面地悄然撤离

村　　口

太阳在大柏树上张望
越来越多的人拥向村口

村口是安静的，也充满热闹
明月和晚风抒写它不平凡的生活

它把大石头让给田野晚归的人们
谈论秧苗的长势，或城里送来的两千只鸡苗

它把大柏树留给四季走过的脚印
让每个日子绽放绿意

它翻晒那些高过山梁的期待
时而听到鸟声滴落村口

风雨翻读，那些窖藏在村口的事物
发酵成芬芳的段子

年　　景

初春的路上
几道背影
压弯沉甸甸的乡音

母亲端出
一碗热腾腾的年味
笑声滴落在月光里

星星眨着眼睛
呼应远山近域奔跑的礼花
迎接黎明

积雪偶尔从树林间滑落
伴着鸟声
敲醒沉睡的大地

挑着一路鸡鸣

在距离月亮最近的地方

啼鸣出丰收的年景

沉默的犁

铁牛替代水牛的位置
犁头的性格变了
它待在屋子里，沉默不语

透过低矮的窗户，它看到
大鸟飞过的痕迹
像它留给春耕的脚印

它听见，雪花落地的声音
轻盈，犹如舌尖
亲吻着泥土

它甚至闻到，田野里
飘来丰收的芬芳
浸润长满锈色的身体

当它想到，被牛拉手扶

才能直立行走的日子

身上的锈色又多了一些

自留地

遗留的土地上，母亲将心愿种在里面
冒出惊蛰、芒种、白露、大雪……
母亲头发白了，自留地上的二十四节气
生长旺盛。年年从地里走进灶屋
把炊烟煮得更旺的菽粟和菜蔬
趴在母亲的心窗，看云识天气

母亲给每块地取下乳名：凤凰坡、小方舟
月亮湾、牛尾巴、大肚子……
它们受到日月星辰的喂养、风霜雪雨的洗礼
庄稼医生望闻问切
跨过季节的门槛，自由地写下
绿色的颂词和沉甸甸的句子

母亲熟悉地里的每株禾苗，禾苗也熟悉她
她目睹四季豆、黄瓜、峨眉豆劳作的艰辛
发芽、爬蔓、开花、结果……
仿佛就是自己勤劳的一生
当她弯下腰，向土地鞠下深情一躬
绿叶红果径直扑向她怀里

橘子林

红彤彤的橘子运往山外
每运一回
他的皱纹就笑一回

第十三次往山外运橘子了
车辆有序地挤满山道
他指挥橘子上路

他牵着大爷的手
围绕橘子林
转了一圈又一圈

摘下树上最后一个橘子
大爷塞给他
泪珠从橘子皮上滑落

秧苗之上

戴草帽的背影
行走在秧苗之上
绿色的脚印
画出丰收的景象

太阳亲近他的身体
他亲近秧苗的脸庞

这些翠绿的儿女
向上、向善，向着太阳的光芒

炊烟熬出米汤里的故事
被不同肤色的目光收藏
戴草帽的背影
行走在秧苗之上

麦　地

阳光从帽檐流下来
麦地被洗得一片金黄。山梁上跑来的风
抱着麦浪翻涌

母亲拾起掉落的麦穗
举过头顶
像舞动被岁月磨光锈迹的镰刀

麦浪总是灌满胸膛
母亲烙的麦饼在乡里广受好评
也挂在中秋之夜

偶尔，母亲将麦饼带进城里
尝过麦饼的人
开车去乡里探望我的母亲

傍　　晚

晚霞融入鸟的翅膀

父亲挑着一筐夕阳回家

嘴里冒出的烟

一圈圈上升

像遗落在岁月里弯曲的经历

山麓至山顶

一条刻满露水、云烟的卷尺

丈量农村到城市的距离

父亲须挣下丰足的汗水

甚至漫长的风雨

才有机会让一次转身

成为希望和可能

父亲握紧一支笔

由春写到冬

写下逗号、叹号、省略号……

像文字行走中的呼吸

又像他沉重的叹息

爬上山梁

父亲伫立在村口的大石头旁

他喊了几声远山

余晖就慢慢下沉

桥

桥这头是炊烟

桥那头是水田、坡地

上上辈人

习惯从桥这头到桥那头

翻耕日历、节气

桥是木质的，没有护栏

每踩一步

就吱呀一声

仿佛上上辈人

落下的长吁短叹

几经修补，日子还如木桥一样

吱呀吱呀

只是炊烟升得高一些了

现在，走在桥上
混凝土路面的声响
有一部分
像当年上上辈人
掉在木桥上的絮语

人与人之间
也需要建一座桥
像万能工具书
精确解读生僻字、外来词
或难懂的句子

腮　　红

在三月，你洒下一把时光
收获一片桃红。你坐等一蓑烟雨
嗅到桃花的芬芳

一对老人面对桃花谈及往事
脸上泛起阵阵红晕。一枝桃花飞落她身旁
年轻的眼里春潮涌动

沐浴花海，桃花仙子不再是一种传说
她寻着你的影子来，又踩着你的梦境去
每根睡着的神经兀自张望

桃花筑林，谁也不知道林的周长
也许要走过一个季节
也许一生都走不出对它的向往

摇一树桃花，天空就下一场桃花雨

心事发芽，绽放每一朵想象

吻一朵红，红就吻你燃烧的梦想

赏　菊

公交车在安静的山路上移动
露珠给阳光里醒来的万物梳妆

层叠的坡地，一簇簇菊竞相开放
因为身处山梁，所以成为仰望

赏菊的人，向土地靠近
金秋十月，他们学会金黄的语言

井底之蛙，只能读到井口上方的星星
却不知满天星斗早已覆盖它的头顶

他们为每一株菊画像
有的人看到马的奔腾，羊的欢笑

有的人，发现自己和金丝皇菊站在一起
自然添上几分典雅和高贵

而母亲用微笑在一株菊身上
称出十八朵金丝皇菊的重量

阳　光

阳光在风里打着旋儿
落在树叶间
树叶露出金色的微笑

阳光在风里打着旋儿
飘进小河里
小河荡起鱼儿的欢唱

阳光在风里打着旋儿
飞到花丛中
花儿展现靓丽的容颜

阳光在风里打着旋儿
溜到山岗上
山岗换上新的衣裳

阳光在风里打着旋儿

趴在窗台边

窗台上探出明亮的眼睛

老　　井

五六百年前，上苍将一枚青铜宝镜
安放在丘陵上
镜光闪耀，见证那些流逝的事物

它照山水，照日月，照庄稼的长势
有时也照自己，渐渐地
它把一个少年的背影照得很远很远

而在它脚下，一股清泉向外涌出
想必是涌向江河湖海
取走一桶水，更多的水在井上拥抱

闪电、雷鸣、风雨趴在井口
百思不得其解它的清澈
井水也只字不提清者自清，浊者自浊

土地养育井水的清澈，
井水又以冬暖夏凉的身体
反哺土地
正如那个远行的少年
时常牵挂用井水煮熟的炊烟

第三辑

经年的帆船

多年后

风雨发现

路上铺满一道道闪电

空　白

窗外一片树林
林子里一缕月光
一对人影
偎依在夜的怀里

几声鸟鸣
滴落他们身上
越浸越深
孵出爱的叮咛

仰望星空
圆月碰响树的呢喃
彼此深情相望
眼在另一双眼里行走

夜安静地睡去

轻风和月光吐出证词

一字一句

填补生命的空白

远方来信

雪花漫天飞舞
似你来信里翻涌的韵脚

仿若你站在雪地里
站成一大朵圣洁的雪

偶尔有鸟大胆飞过
扇起抑扬顿挫的句子

向着天空，对着飘雪
眼里的你款款而来

隔窗相望

对面楼里住着两位老人
他们的生活在暗淡的光晕里进行

每天不是黎明喊醒他们
而是他们用灯打开黎明

菜香，或是油煎的声音
爬过树尖，在梦乡深处张开羽翼

老人习惯把露台当作土地
种下月季、兰草和鸟鸣

阳光拧干花草上的露水
老人坐下后，阅读浮云和飞鸟

间或能听到一丝丝吵闹
但很快融入夕阳的光辉里

老人注视对面楼里明亮的灯火

那里有一双眼，在岁月里苏醒

印　记

她的身影

奔跑出一片海

湿透穿越人群的思念

烈焰般的目光

无法烤干

忽明忽暗的灯火

漫过河堤

停下来

任由她奔涌的微笑

燃烧自己

一串串脚印

修出一条长长的路

多年后

风雨发现

路上铺满一道道闪电

一盏灯

一盏灯，在安静的夜晚
听一串串文字
在燃烧

用心烧铸的文字
像各式各样的容器
盛满光阴和爱情

今夜，你在何方
重新握起的笔
开始失眠

该向你做什么样的表达呢

没有星星的夜晚
只有那块山崖石代替瞭望

没有溪水的大山
只有那片空灵代替思念

没有你在身边的呢喃
只有学着自己跟自己说话

错　过

错过秋天，枝头不会再有香甜的仰望
堆起的落叶被冬冷藏

错过时间，攒动在公交站台的人头
撇不开雾的迷茫

错过选择，失落的裂缝里
光阴会长出颗颗雀斑

错过答卷，生命在一张白纸上
倒出奔涌的泪水

错过牵手，星光下的望眼欲穿
让一轮圆月残缺不全

错过一席之地，很难用后悔
治愈发霉或生锈的光阴

散　　步

我挽着母亲
踩着水泥路上的月光

晚风穿过指缝
摇醒熟睡的庄稼

一丛麦穗旁
母亲向它们鞠躬
背又弯了一些

这一切，我看得很清
攥着母亲的手
紧了又紧

泪　影

爷爷离开以后
奶奶的泪水
多了起来

她沿着爷爷走过的小路
读日出日落
目之所及里，有流星飞逝

她坐在屋檐下
呆呆地望着对面的山坡
泪影里升起爷爷走动的身影

她还常常翻读爷爷的日记
在一行行湿漉漉的文字里
找寻爷爷的生活

直到有一夜

爷爷走进奶奶的梦

所有的泪水从她梦里溢出来

山　路

松叶似针，暖阳轻抚
时间是一只大手
在古老的山路上穿针引线
青冈叶、松毛及岚光
纳出松软厚实的鞋底

茅草以刀的手法
抹去坎坷的记忆
一根枝条拨响黄昏的水声
惊起阵阵犬吠

不远处飞来炊烟
松涛阵阵，像是外婆在喊我的小名
我朝着大柏树的方向回应
每应一声，外婆就近我一些

老照片

冬月初九，堂屋墙中央多了一张老照片
那些流逝的光阴
重新回到土地

父亲，父亲的父亲，父亲的父亲的父亲
端坐在水田、坡地
唠出一件件陈年往事

煤油灯里蹿出微弱的光，照亮生计
几代人的篾匠活
流传乡里乡外

悬在崖上的三十八级石梯
运过多少风霜雨雪
山里人念念不忘顶着星光凿石的人

二十四节气里农作物繁衍生息

农耕文化在父亲的教鞭下修筑浩瀚星空

山里娃从未颠倒过季节的耕种

逢年过节，老照片会站出来清点香火

正如当年他们走进田野，清数拔节生长的庄稼

一个都不能少

思念的诗行

小时候
和父亲站在一起
父亲高高的
我矮矮的

长大后
和父亲站在一起
我高高的
父亲矮矮的

后来
父亲躺在地下
我站在地上
泪水打湿思念的诗行

我和母亲

一

牛羊唤不醒梦里的童年

母亲的唠叨

如一只手

掀开裹紧的被单

二

三十里外的学堂

有母亲背来的炊烟

里面装满红苕、大米和咸菜

山路上，月光刻下她的背影

三

父亲翻耕后的水田

是一张白纸

秧苗像笔，歪歪斜斜

母亲纠正我握笔的姿势

我和秧苗

端端正正地生长

四

坐在岁月的门槛

母亲摊开双手

像打开一本自传体小说

皱纹勾勒出平仄的人生

儿孙们阅读，懂得许多道理

老　酒

日子熬出一坛老酒
父亲从村小，或田地间归来
老酒像火焰蹿上心头
母亲用嗔怪的目光
摘下花朵般的醉意

一杯醇香的老酒
把左邻右舍的磕磕绊绊
处理得稳稳当当
逢年过节，老酒的目光
总是盯着那些嬉闹的人群

老酒就是老酒
相对刚酿出的粮食酒来说
老酒有更丰富的阅历
洞悉世态变故
装满了沉默的底气

那杯红

品一杯浓浓的桑葚酒
心墙幻化成一部巨幕电影
桑、蚕、茧、丝、绸
纷纷上演

倚于桑树，像偎依在桑娘的怀里
她通体散发的清香
萦绕阡陌桑田
众多蚕儿在星光里跋涉

挂在树枝上的桑葚
是一杯明晃晃的好酒
桑娘小心翼翼地采摘
生怕打翻心头的那杯红

梦的衣裳

露珠从树叶上滑落
泥土散发清香
小女孩猫着腰
好奇地探望

屋檐上的冰凌掉进石缝
炸开细碎的银光
慢慢融化
时空里隐匿淡淡的忧伤

山岗上的夕阳
缓缓地沉下山坳
风儿吹皱
折叠成梦的衣裳

黄桷兰

母亲来电说
院坝移栽的黄桷兰高过了肩膀

猜想是土壤的肥沃，母亲躬身的虔诚
给予它生长的力量

不久母亲发来微信，黄桷兰已爬上屋檐
长出花苞

阳光从天空倒下来，我在田埂上接住
五月的枝繁叶茂

母亲用微笑摘下刚吐露的芬芳
我久久地站在黄桷兰身旁

仿若自己就是这株黄桷兰
一直活在母亲的牵挂里

西湖之夜

西湖之夜，很长，二十年的话语
只说了它的一半

湖堤上，斑驳的光影
是岁月长河里闪烁的浪花

他说，老师当年的教诲，是一把戒尺
端正他走过的路

至今，他把教育写进人生词典
擦亮每个行走的动词

群鸟在湖面搭起欢乐的舞台
努力让自己成为主角

坐在一棵柳树下，他从我的手语里
重新回到课堂

夜　谈

烛光将他从跌倒中扶起
倚窗对坐
我们开始谈论历史、地理

地域之上，那些枕戈待旦的人物
从马背上醒来
书写波澜壮阔的史诗，成为英雄

他们关照土地，以及土地上的城市
村庄和行走的事物。光阴流逝
疆土在他们手里活着

活着的土地上，浇灌人生、理想
和信念，或许可以成就
一个时代的梦，同样成就自己

深夜，英雄们打马经过的马蹄声

正朝烟雨锁住的街口

匆匆赶来

相信自己

向着远方延伸的路
弯弯曲曲，串起泥泞和坎坷

这时，你将是一只海燕吗？
自由地在天空收割风雨

你将是一叶风帆吗？
为理想之舟指明前进的方向

你将是一滴露珠吗？
阳光下把洁净的灵魂交给大地

断崖式的风景之上
另一条路正破空而来

心　空

江岸一层层加厚夜的迷茫
心空却在你眼中明亮起来

木道是延伸远方的铁轨
爱情在铁轨上开出花朵

原以为只可容纳春天的蝴蝶
没想到能装下你会飞的翅膀

远　行

缓缓离去的背影
像一根柳枝
在晨风里摇晃

盈盈的泪光
扑满车窗
细细地打在身上

两只手
成为时空之海的船橹
翻起汹涌波涛

那一夜
梦里此起彼伏
列车哐当哐当的足音

大街小巷

大街小巷是城市的母亲河
宽与窄，养育它婀娜的身段

四面八方垒起的拐点
是它身上长出的骨骼

像方向标或不同的手势
指挥风雨里事物更替的快慢

流经之处，那些升腾的烟火
燃烧城市的故事情节

它沿着天空的白，绕来绕去
为城市丰满羽翼

隧洞微光

隧洞像一只被掏空的甲壳虫
扛住风霜雨雪，甚至滑石的险象

进出的车辆，不敢造次
用光招呼着光，维持固有的秩序

正如世间万物，各自有各自生长的位置
互不挤占，顺应自然规律

如果微光熄灭，连环似的隧洞
就是一个深不可测的陷阱

无论什么样的时空，光是引子
或是救命的稻草，显现它的耀目

微笑、沟通和礼让，生成一束光
人与人之间的隧洞通达敞亮

隧洞里的微光像身上的器官

衰竭，就意味着消亡

红绿灯

红绿灯，还有隐匿的黄
是路口长出的手语

日以继夜，它们搬运
春光，夏蝉，秋风，冬雪
一个一个地搬
也一批一批地搬
唯独没有搬走自己

打盹儿时，它们还在担心
那些没搬走的影子
是不是正排起长长的队伍
等着另一个自己醒来

红绿灯，一首《无言的结局》
也是下一个开始

地铁一幕

地铁里，人头攒动
如朵朵浪花奔涌潮头

时间在一站和另一站之间
架设快速轨道，地铁全自动运行

互不认识，又彼此谦让
让一种秩序产生上万亿流量

安顿朝夕里劳动的目光
一个个座位被掏空，又被填满

剩下站立的人，挨在一起
翻阅手机，或讨论关注度高的话题

厚厚的夜色关闭地铁所有的出口
人心还滞留在写字楼和厂房的角落里

路灯下

路灯暖暖地照射

公园里的木椅

木椅上坐着

一位穿校服的姑娘

她手里捧着一册课本

时而望望天，时而闭闭眼

知识像路灯的光辉

洒满她心田

飞鸟落下影子

成为一枚书签

姑娘读得很认真

每个字符在光里走动

影子悄悄地溜走了

她起身朝向路灯

打出响指

也打出了微笑

守夜的人

守夜的人，舀一瓢光
止渴，以对抗黑暗

黑夜里浮现的事物
在安睡，有的在向光靠近

稍稍打盹儿，不知什么盗走光
秩序开始倾斜，甚至虚无

深处每个角落，守夜的人
成为不可逾越的屏障

守夜人的心坎上，也装着一盏灯
慢慢照亮暗淡的日子

手　势

一朵警花盛放在十字路口
从来没有声音打断她的手势

她是街口唯一的风景
准确的手势，笔挺的背影

大片雪花被微笑咀嚼消化
汗水裹紧她的鬓发

那是久远的事了，每次经过
街口，心坎就冒出鲜芽

而且很快长出一朵花
这时想在街口久站，不说话

红绿灯交替示意，换一种手势
成为城市生灵通行的密码

门

有些门立于风雨中
一把锁，锁住吱呀吱呀的疼痛

有些门无限敞开，除了白天与黑夜
没有什么光顾它的冷暖

门，被岁月推拉久了
习惯晨雾中打开，暮色里关闭

在心坎上，修出另一道门
有的窄，有的宽

窄的门，打开像一条峡谷
触摸不到天空的辽阔

宽的门，敞开就是一个世界
轮回的季节盛满鸟语花香

有的人在窄门进出一辈子
也没悟出宽的道理

有的人从宽门出来
发现窄门也有窄的好处

当一道门被风雨开关过后
它的定义不言而喻

第四辑

人间的词语

仿佛看见，一抹年轻的衣袖

在闪电般的蜀道上

打扫风暴

界　　碑

仲夏的一个雨天
它从 1891 年南岸区的石壁上走下来
和我们握手

我看见，时间已把它身上的尘烟
打扫得一干二净
只有一些人影还在埠头上晃动

石壁上铺满石纹密密麻麻的脚印
仿佛逶迤的道路
向远方延伸

它的长度，已超过所有的诗行
可我得留下一首
让它蜿蜒进我心房

幽州台

北风吹起悠长的历史
纷飞的故事
落满枝头

幽州台，堆满黄金
只为一份荣耀
赢得喝彩

子昂的诗句
如一首旷世绝唱
响彻千年

一只凤凰
涅槃重生
徐徐打开飞翔的翅膀

岳阳楼

一顶将军的头盔
遥望君山
淬火
坚硬

气宇轩昂
检阅经风雨操练的三国水师
如千帆竞发
直击敌军

不觉间
《岳阳楼记》浮出洞庭湖面
像一朵浪花
飞舞千年

蜀　　道

拧开满屋子的灯光
把电闪雷鸣、狂风暴雨
一压再压

黄昏幽暗，天气预报
二十四小时内
翠云亭有暴风雨经过

盯着窗外
低矮的天空乌云密布
也下着暴雨

古柏是历史风雨中
走出来的巨人
扛着时间里的风雨

仿佛看见，一抹年轻的衣袖

在闪电般的蜀道上

打扫风暴

剑门关

风，搀扶漂泊经年的游子
拾级而上。剑门关将大空放得很低
石梯的书页里，站着密密的字符
有的清晰，有的模糊不清

码在石梯上的脚印被磨得很薄
分不清是武王、诸葛，还是红军的足迹
但都是
炎黄子孙

再往前走，蓝天白云端出
七十二剑峰，哪一把为秦王所持
崇山峻岭间的雾岚
哪一缕是刀光剑影刻下的硝烟

如今，剑峰珍藏在岁月的博物馆
鸟鸣将它擦拭得锃亮
谁也无法在日月星辰的护卫中
卸下它的绿装，夺走它的光芒

丽江古城

华灯初上，时间之手
掀开神秘的面纱
你没有婉拒，千里之外的目光

我就这样爱你

清晨，点亮第一盏灯
汉字从鸟鸣中醒来
列队成长短句
从李清照的词韵中醒来
咀嚼弯弯曲曲的句子
呼吸像过渡词
又像榫头
亲密衔接行与行的间隙
这如你远离我的日子
思念填满许多无声的空白

我就这样爱你

红色角砾岩中渗出

历史的养分

四方街、木府、五凤楼

丽江古城大水车⋯⋯

华丽转身，守候那里的灯火

为远道而来的客人接风洗尘

热腾腾的招呼

为每朵流盼找到归宿

玉泉水是永不停歇的血脉

穿街绕巷，如千年巨树发达的根系

书写前世今生

仿若我需要的一生

我就这样爱你

我坐在云贵高原

伸出手

温暖从玉龙雪山上走下来的女子

我们听丽江古乐，品纳西米糕

赏错落有致的古建筑群落

你说，你像是回到了宋朝

我说，我像是娶宋朝的女子回家

夏雨飞落屋檐

我们还在蝉鸣里行走

却陷入小桥、流水、人家的《天净沙·秋思》

青石板的小径上

我看见古城墙壁上的相思灰

飘进我怀里

人间的词语

蘸足山水的如椽巨笔
画出一条寻乐大道
道路两旁与乐有关的词语
被眼睛解读

有的词悬于天空
闪耀灿烂的光辉
有的词立在地面
掉下露珠般的眼泪

有的词滚落心涧
溅起郁郁葱葱的记忆
词与词之间
相互交流又互相致意

一组词不够
涌来更多的词
它们以不同的词义
巧妙成章，汇集成册

岁月每加印一次
它们就响彻远山一次
翻开厚重的寻乐书岩
一口古井平衡词语的坎坷

新政离堆

因一条江的爱抚
你长得郁郁葱葱
太阳来了
你习惯把它好好收藏
漫漫长夜
你身上披满闪闪星光

因一壁摩崖石刻
涌来东西南北的目光
字里行间行走的韵脚
穿越千年时空
为一部历史的书页
填写空白

离堆之上

有迷离传奇的过往

你像一只青螺

踟蹰宽阔的大江

由北往南的船只

为你惆怅，也为你仰望

九牛镇水

泥土里长大的九条汉子
犁耕一座山水新城的高度
它们高过小东山的壮美
还如嘉陵江水般清澈明净

它们亮晶晶地闪耀
闪耀德乡仪陇的光辉
它们静静地匍匐
匍匐为人民心中的丰碑
它们匆匆地奔忙
奔忙成原野上丰收的画卷

藏在它们身后的鞭子
是上苍赐予的神器
能镇住洪水猛兽
护佑百万人民的吉祥安宁

它们的蹄子是一枚枚印章
盖上汹涌的浪尖
大潮就会失去咆哮的力量
它们的头角像冲锋号
又似弯弯的尖刀
哗哗的号令吹出滚烫的刀影

它们那灼灼其华的万千仪态
站成古码头上的风景
却为一座新城
点亮奋进的航程

松阳茶

采茶姑娘，在茶地上行走
也在舌尖上行走
她们为松阳作序，也题跋

银猴不是猴
它的灵性养育了茶根

它能在茶水杯里施展变身术
变成一尾尾小鱼
自由自在地游弋

经过旅途，啜饮一叶香茶
如饮爱人的爱
深深沉醉

三国时

茶和松阳许下终身

摊放、杀青、揉捻、干燥

岁月喂养长大的这些词语

精心哺育

色绿、条紧、高香、味浓的茶乡

南来北往的目光反复品读

松阴溪上

黄金芽、紫鹃繁衍生息的细节

一粒药丸

手持药丸，反复打量它的身体
怎么也猜不透它的心思

看到一粒药丸让病入膏肓的人
重新站起，才读懂它
依附于土地生长的含义

我们所处的环境
也需要这样一粒药丸
这样，还有什么顽疾
能潜伏在人类的肉体

黄姚古镇

看不见千年古朴的绝世真容
领略游人如织的魅力色彩

听不到竹排划过姚江、小珠江、兴宁河的水声
《天净沙》里感受小桥流水人家的娴静

尝不着仙人古井里翻腾涌动的泉水
闻到豆腐酿穿越时空飘散的幽香

站在离你很远又很近的地方望你
修出想象的高速

飞抵喀斯特繁衍生息的八卦式诗意家园
桥梁、寨墙、门楼成为群山环抱的处子

古桥、清溪、亭榭编写的历史课本
青石板街巷响起翻读的回音

一枚枚匾额、楹联、祠堂纹绣而成的书签
拨开黄姚古镇传奇迷离的章节

纵横交错的岩洞爬满象形文字
诠释天文地理的千古玄机

浩瀚银河里跑出的鲤鱼
活蹦乱跳的打挺姿势形成街的名字
家喻户晓传颂鱼水深情的鲜活故事

龙爪榕则是天地合一的英雄化身
盘根错节、枝繁叶茂的雄浑气韵
精彩演绎顽强拼搏、向阳而生的壮美年华

缘定今生与你穿越时空的欣喜相逢
窄窄心河绽放朵朵浪花

伏生故里

伏生故里
大手和小手捧读
字里行间长出的细节

黄山顶
似一把福椅
安放伏生走来的脚印

种子在耕读里发芽
长成郁郁葱葱的记忆

打开历史版图
吮吸龙山文化长大的健壮青年
传承伏生的责任与担当

熟练用铝工和纺织
把家乡的炊烟托得更远

泸州的酒

我不会饮酒
但能从酒的纯度、香味
和细嫩、粗糙，甚至铺满皱纹的手里
读到泸州的酒、中国的酒、世界的酒

我不会与酒终生为伍
站在酒的队列里迷醉芳华
但能为酒酣畅淋漓地歌唱
依恋酒热烈、奔放、豪迈的性格

我亦不会拒绝酒
不经意间灌醉我的梦
酩酊的脚步摇晃雨巷绰约的灯影
幽幽的青石板响起悠长的爱的叮咛

李白举杯邀明月的优雅
杜甫放歌纵酒浇灌的岁月长河
苏轼醉饮达旦奋笔疾书的《水调歌头》
成为天地共生的传奇

而从你洁白的身体里
飘散出的甘洌醇香
看到万家灯火里走动的幸福眼神
听见城市和村庄杯觥交错间的歌声

喝着龙泉水酿造老窖长大的泸州
一册厚重深邃的酒城历史教科书
以文化、绿色、智慧、创新的无穷魅力
被不同肤色的大手和小手竞相翻阅

酒字墙

一个酒字，百种模样
岁月里长出风骨
挺立成八方来客的仰望

一点一提，一横一竖
一撇一捺……
书写出千年佳酿

一个酒，是字
百种酒，是画
一字一画，裱亮美丽沱江

一个大酒往中间一站
众多小酒云集。一片天地
簇拥着酒城人的醉意

生态密码

舍得老酒的故乡

有喝过老酒的三百九十万棵植株

长出翠绿的鸟鸣

鸟鸣滴落在露珠上

每束光照亮奔跑的黎明

鸟鸣滴落在酒香里

每杯酒醉卧匆匆的行人

繁衍生息，子子孙孙

用八大生态密码

破译出历史的窖香

松　潘

与黄龙结缘，十指至少要扳两遍
扳过两遍后，再想起她
一切又回到初恋。一山一水
揣进行囊，无数经纬线上
唯有她，留下根深叶茂的思念

雨打湿台阶的日子
徜徉在峡谷、森林。她亲昵的呼唤
流转在不同肤色的眼里
沉醉于三千多个五彩池，如同她的鳞衣
辉映浩瀚星辰，被日光轻轻裁剪

岷山雪峰飞落的每寸碧波
荡开清澈的遐想。季节嬗变
未蜕变她乳黄的本色
躺在岁月如歌的怀里，一只手
不经意搭上她柔美的肩

大熊猫、金丝猴发出的气息
越来越近。余晖送走晚归的雨伞
一叠月影，摇曳在哗哗的歌声里
揭开前世今生的谜
此生只愿枕着她的灵魂入眠

红　　原

夕阳一点点打在草地上
也打在弯弯的白河上。所有生命
绽放金色的光芒

牛羊、马匹啃着水草
啃着草尖上的霞光。嗅到炊烟
成群结队拥向白色的毡房

它们互不哄抢
草是粮食，水是家乡
它们自由生活，又共同分享

月亮化身为河流，轻轻地
贴在草原的胸膛。不离不弃的光
孕育遍地神奇的向往

九寨沟

一首《神奇的九寨》
陨落它行走的韵脚，铿锵嘹亮
大江南北，拥来众多人群
追赶星光

身临其中，邂逅奇妙的词语
翠海、叠瀑、彩林、蓝冰……
掉进眼里
滚烫，烧尽伪装、迷茫

池水是奇异的花朵
透亮的灵秀蕴含羞涩，触碰
就会被挽住。心甘情愿
住进它的家乡

与每处景致握手，才知道

太阳底下它清凉如玉

五彩的时光

筑起一座座人间天堂

丝绸女神

古丝绸之路由此启程
用嘉陵江水洗净鸟语
擦洗桑蚕的第一声啼哭

从爬行到飞翔，一根丝
编织一生的梦想

一根丝，蔓延千年
串起河流山川
回望水与城的岚烟

一根丝，回到岁月手里
像回到了蚕的家园
回到了嘉陵江的源头

升钟湖

状若龙凤的伏羲之地
早已褪去历史的硝烟

天空将一身碧蓝，藏进
五十六平方千米的水域

十三亿立方米的容量
灌溉春夏秋冬

不同肤色的垂钓
潜伏在它柔美的身段上

卧龙鲊以鲜嫩的颂词
填满新奇的胃口

黄昏派出鸟和水鸭
造出一段波光粼粼的语句

山峦与炊烟，画出袅袅的剪影
像句子里起伏的韵脚

一群雾岚上来
它趁机卸妆，独自走进梦乡

大地的声响

后 记

缘于对土地的热爱，我将此书取名为《大地的声响》。

我自幼生活在农村，耳濡目染家乡的山水、草木、禾苗、塘堰、石崖、炊烟……无论是依附于它们身上的传说，还是历历在目的二十四节气对生产生活、气候带来的影响，都牢牢地扎根于心灵的沃土，演变成如今对故土的无限眷恋和牵挂。

那时，我不懂得用文字去记录它的美好，兀自认为心河和脑海可以承载一切的经历，多年后打捞和翻晒，仍能清晰可辨。但事与愿违，许多值得珍藏的事物已覆上斑驳的裂痕，即便是用相机留存下来的诸多老照片，也被岁月风雨剥蚀成模糊的剪影。

记录是为了更好地存储记忆，是作者、作品与读者认识、沟通，共同完成生命体验、塑造价值取向、实现情感共鸣的过程。再强劲的笔力，也无法完全触及辽阔的疆土、神秘的自然、律动的生命和旷达的情怀，择其关乎土地上万物生长的生命内核和令人过目不忘、挥之不去的情感去自由地书写，留下来的不仅是文字本身的光芒，更是记录对象与过程不断重现、回归的生活形态，以此引发人们对灵魂的拷问和对生命的关照，激励自我升华和改善客观基础、主观愿望的可能性。

《大地的声响》致力于这种可能性的有益探索，诗集由"季节的页码""大地的声响""经年的帆船""人间的词语"四辑浑然构织，以质朴、真挚的语言，直击大地上生灵迹象及种种过往，发掘和探微生命之歌、乡村之象、情感之树、地理之光。通过多场景物象演绎、多元化意象取义、多维度情感整合，生动显现人与自然的和谐共处、世间万物的生生不息，表现出鲜明的时代特征、浓郁的生活气息、丰沛的情感世界，为深刻揭示生存的规律性认知和创新性思考，提供补益和滋养。

此书的公开出版，要特别鸣谢青年作家网、太白文艺出版社的精心设计、编印，感谢诗坛名家谭五昌、杨志学、雁西的联袂推荐，感谢一直默默关注又倾力帮助我的傅实老师，并向长期阅读、推送我的诗歌的读者朋友表示诚挚的谢意！

语　泉

2024 年 3 月 18 日